長歌行
中文愛藏版
叁
夏達
編繪

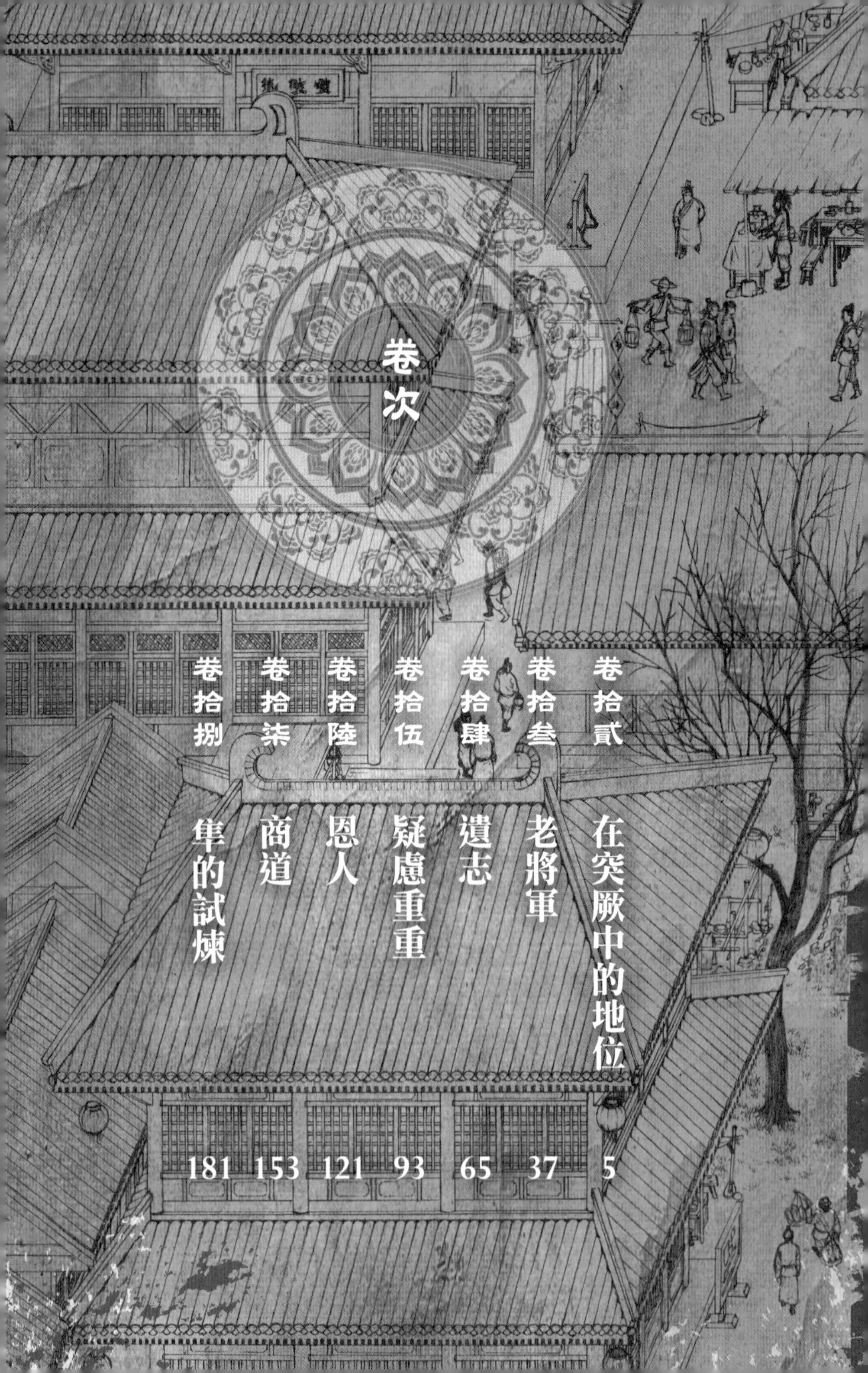

卷次

卷拾貳

在突厥中的地位

啪啪啪

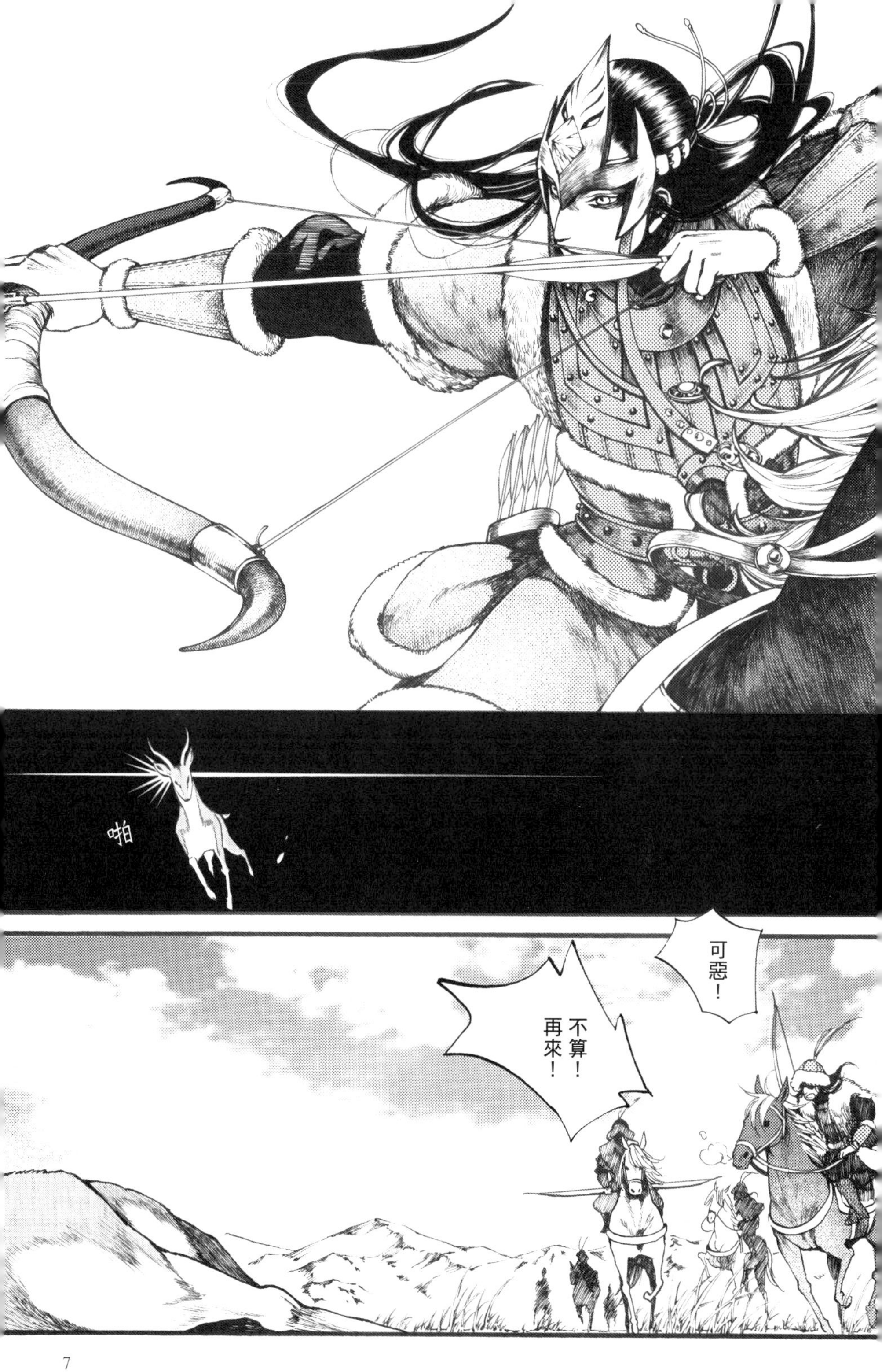
啪
可惡！
不算！再來！

你不是說今年不比往日了嗎？
天黑之前不分勝負！
你小子死心吧，隼大人天生鷹目，怎麼比！
滾！
還沒天黑呢！
快認輸，能不能爽快點！
滾！滾！
你怎麼打算的？
啥？
那個漢人小子求見你好幾天了
你什麼時候見？帶回來又晾著，是什麼打算？
繼續晾著

看見那個漢人崽子
從假裝鎮定到急不可耐
我心情
就好得不得了，
讀了點兵書有什麼用，
詭計能當肉吃？
……
隼大人！
隼大人！
那個漢人小子
非要見您
我們攔著，
可……
別管他
可…可是
沒攔住
還被他奪了弓箭
和馬跑出來了。

……
拖下去！
給我鞭打二十下！
隼大人！
大人！
來人啊！
他是跑不掉的
一沒糧食、二沒地圖
能跑哪去？他沒這麼傻
等著他來求見吧
何必玩漢人那一套。

你看
這就來了
看起來
小軍師身體大好了。

噠
托將軍的福，已經大好了
謝殿下賜食！
在下苦思了好幾日，方才頓悟是叫我自食其力，用實力掙肉吃，
殿下閉門不見亦是如此。

不知殿下對我的表現可滿意？
殿下真是御下有方，長歌受教了
咳！
噗
你屢次來求見是想要說什麼？
殿下既然要我做走狗，
我自然得表現我的用處
長歌所長唯有智計，自請入帳為幕僚
你打仗也打不過老子，要你有什麼用？

看族裡的動向，似乎最近大軍又要開拔
傷亡這麼大，卻休養整備不到一個月。
我一直覺得很奇怪
為何會選擇您這支鷹師當作攻打朔州的疑兵呢？
這不是攻城的隊伍，對抗漢人也全無經驗
似乎可汗並不在意勝負？
無論如何
殿下總有用得上我的地方。

去大帳說你想說的
我還真是小看你了
你會得到你想要的
希望你能讓我們信任

首先我得說清楚，
我只想自保，大可汗把我養大，我不會做對他不利的事
你們漢人親子相殘的那套，可別玩到這兒來
……這個自然
在下也只求自保，
覆巢之下焉有完卵
殿下想要怎樣的局面？
我對汗位沒有興趣，更不想摻合他們的爭鬥
想個辦法讓他們節制點
別老盯著我這兒。

只要殿下手握重兵，目前的情況就不可能改善
對覬覦汗位的人來說，您就是可汗手中的刀劍，
既然自己用不上，還是拔除掉最安全。
您對大可汗無二心，大可汗真信嗎？他的子侄信嗎？
這是既拉攏又壓制，不讓您有二心，也不能讓您繼續強盛下去，若能消耗掉，那更省事
恕在下無狀，您身為養子，在情況未明之時避開來才是上上之選。
……
是誰告訴你的
誰告訴你大可汗這麼想？

這雙眼睛看到的
以大可汗的做法去揣摩他的想法，
自古帝王心術莫非如此。
殿下
用人不疑
……
嚓
那你認為，
該如何避開？

我認為，殿下應當避開與漢人的戰爭，
自請去北方苦寒之地鎮守
漢人的兵法裡說「置之死地而後生」
雖說草木貧瘠，也少了金銀奴隸，卻能讓殿下脫離進退兩難之境
您的自請北放也是讓可汗和其它人安心的保障
更可以借此秣馬勵兵，休養生息。

這麼做可讓我損失很大
殿下若只求自保，如此足矣
若要富強，在下也有其它的發展之計。
你讓我們遠離漢人……
當真只是為了這置之死地而後生的計策？
……當然，

還有我身為漢人的小小私心。
怎麼不進去？
欸…

這氈車，
是給我們的？
還有這些用具！
馬和奴隸！
都是我們的？
進去再說

你們都在外面伺候，沒我的許可不准靠近氈車
是！
妳今天做了什麼？
怎麼一身的冷汗？不會又燒起來了吧？
咳
咳
呼…這比那個破帳篷好多了
妳再亂來真的會死掉的！

這幾天我會好好休息，
妳也準備好，也許很快就會有遷徙
遷徙？冬天還沒過啊
不是去夏季牧場
具體去哪……看殿下怎麼決定。
賜下氈車，等於承認了妳在突厥的地位
昨天還沒吃沒穿沒人理，
妳是怎麼做到的？
……因為現在我對殿下有用。

彌彌，妳可聽說過小可汗是怎樣的人？
聽說過
小可汗是上一任大可汗的兒子
現任的吉利大可汗是他的叔父
除了大可汗，就以小可汗的領地最廣、牛羊最多、勇士也最強壯
聽說他也是大可汗最親近的人。
這樣啊……
大概明白了

長安郊外 梅林草堂
魏征自請安撫山東隱王（李建成）舊部，只是略盡綿薄之力，
怎敢勞杜大人稱一聲功勞
玄成兄，無需自謙
如今山東的殘黨平復，突厥退兵
幽州的逆賊羅藝也已伏誅，大可鬆了口氣。
羅藝雖借隱王之名起兵，卻也算不得隱王舊部。

為何？
他反的是唐
司馬昭之心，杜大人難道不明白？
哪怕隱王李建成在世，也絕不會反唐
李氏的子孫，李唐的江山。
……我曾經也如玄成兄一般思想
曾經？
如晦啊！
如今羅藝已授首，部下作鳥獸散，
首級近日也將送到長安來。

你今日找我們來，
應當不是討論這些已經過去的事吧？
房大人真是明察
朔州公孫恒忠義，獻己首以換取全城性命，
他的部下李都尉獻城後降了突厥，留下全城百姓而去
杜某萬料不到，李氏子孫竟會如此……
想必二位也知我所指，杜某而今唯有一求
從今而後
別再阻撓！

且慢下結論！
我認為那個人不至於此。
私情與公義孰輕孰重？
魏某誓死衛公義，
但也不允公道有汙
唉……
人懷前歲憶
花發故年枝

果然是人老多情……
想當年群雄並起，逐鹿中原，意氣風發，好不暢快，
少年無畏，只覺天地丘壑盡在指間
漸漸的才明白，一枯一榮皆盡在天理，存此亡彼自有法度……
如晦啊
你想以人心定天理，不覺沉重嗎？
這兩指，盡折於隱王黨羽的門下惡奴
人人皆說我有私怨

我卻知我心中坦蕩
誅隱王，滅其黨羽，我亦無一絲竊喜
我只求得見明主君臨天下
四海寧定，天下歸心！

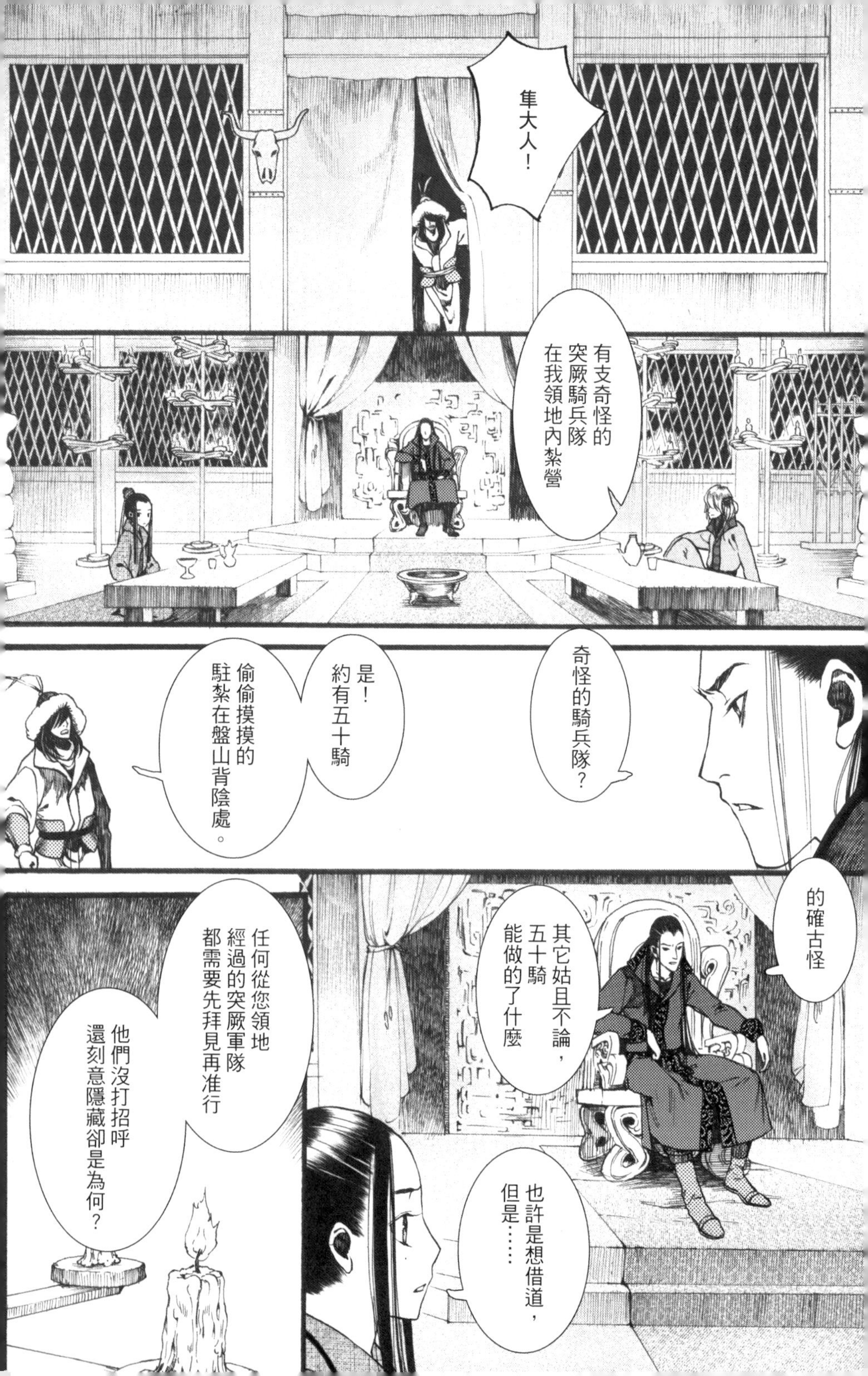
隼大人！
有支奇怪的突厥騎兵隊在我領地內紮營
奇怪的騎兵隊？
是！約有五十騎
偷偷摸摸的駐紮在盤山背陰處。
的確古怪
其它姑且不論，五十騎能做的了什麼
也許是想借道，但是……
任何從您領地經過的突厥軍隊都需要先拜見再准行
他們沒打招呼還刻意隱藏卻是為何？

還有什麼？
一併說出來吧！
這……
小的不知是不是看錯了，
為首的將領很像小可汗身邊的烏喀
以前在牙帳圍獵時見過
……
我們去看看
是

倒是會挑地方
不仔細還真發現不了。
不對……裡面混有漢人！
殿下能看清？
他們護著一輛漢人的大車，
周圍還有一些漢人披掛的甲士。
這就怪了，他們分明不想讓人注意，卻為何如此張揚？

是啊，換成氈車和突厥衣袍也不費事。
殿下，
那輛大車肯定有古怪，
這群人跟小可汗也脫不了關係
您去？還是不去？
……
去！

長歌行

中文愛藏版

彌彌古麗

回紇某部族的族長之女，被突厥俘虜獻給隼之軍團，原要被處死，後被長歌所救。

卷拾叁

老將軍

那殿下和穆金將軍在這兒候著，
屬下先帶人下去試探
這又是為什麼？
因為對方跟小可汗有關，
所以您本人「不在場」最好
萬一有個「意外」您也更好周旋。
……

跟我走
駕！
等一下
啪！
給老子機警點
別折損了人手
放心
若需要殿下出面，我會以響箭為號。
駕！

漢人……
雖然聰明卻不強大。
為什麼？
他們所有的力氣
都花在跟自己人
勾心鬥角
看看那個小子，
到底怎樣的環境
才會養出這樣的心性？

……
那你覺得我們又如何？
小可汗只恨不得把我們砍盡殺絕，
大可汗卻假作不知
我們花在這些骯髒事上的心力還少了嗎？
父汗給了我一條命
我還一生作他手中的刀
比上不足，比下有餘了。
我倒是希望他這一輩子都用得上你這把刀
……
對了，那漢人小子叫什麼？
長歌

混蛋凍死老子了！
忍著，到了小可汗地界就能生火了
這些漢人是什麼來頭？餓了一路，也沒見他們來要吃喝
活著送到就行
小可汗交待的事，別問那麼多
那群黑衣的還是活人嗎？太邪門了
噓，小聲點
當心被他們聽到
什麼人！

那邊是什麼人!?
什麼人?
這該是我問你們吧
站住!
別過來!
是隼大人的部下?沒關係
自己人
我們只是路過。

自己人？
那些漢人是怎麼回事？
我們是跟漢人做買賣的黑市商人，
那些是我們的客戶
沒跟隼大人先行拜見求准放行是我們不對，
這位小哥通融通融
行個方便
嚓
！

我要是你，
就會安分一點
烏喀
說！
你們來這裡
幹什麼？
你既然知道我，
就該知道我背後是誰
你的主子都不敢管，
你最好也別多事。
……
全殺光
!

既然是商人，
這點誤傷隼大人
還是擔待得起。
啪
啪
嗚啊啊!!!

……
那些漢人……
先別動手，
小可汗覺得有價值的東西，對咱們也一樣。
嘿嘿……
你倒是有眼光……
車中何人？

去！喚你們主子來，
送你一個大禮物。
一個來歷不明的漢人，不值得我們主人犯險！
聽口音，
你也是漢人？
你們退後，別靠近
在下想見車主
求入車內一敘，可否？

放他進來

打擾了
有話快說

老夫沒精神跟你囉嗦！
……
晚輩李長歌……

拜見燕王李藝老將軍。
你……
如何認得老夫!?
老將軍
是否還記得昔日東宮中的小永寧?
永寧公主!!
咳!
咳咳!
老將軍不要多禮,
長歌已不是公主了。

……
嘿嘿，甚好甚好
老夫也不是李姓燕王了，而今仍是恢復羅藝舊姓。
老將軍為何淪落至此……
難道就因為與我父王交好的關係？
李世民竟如此喪心病狂？
……
我起兵造了反，
但是沒打贏
什麼!?
我跟妳父王相知一場，李世民的作法太也過份！

妳父王是嫡長子，戰功赫赫，替大唐打下了半壁江山，
若聽我言，一早防著這個弟弟……咳！
何至於落得這個下場！
長歌替父兄叩謝羅老將軍恩義，
求老將軍千萬珍重
突厥境內著實兇險，
長歌先設法助老將軍脫困！
脫困？哈哈哈哈哈！
能困住老夫燕雲十八騎的人還沒出生！
原來那些就是名震北疆的燕雲十八騎……
怪不得……
沒錯！
不過……

能不能給我們弄點吃的來？
咕嚕～
咦？好！
我革囊裡只帶了一人份
老將軍先吃著。
那些突厥人只當把我們餓疲了就安全
啐！十天不吃飯，老夫也可以打他們一群！
聽老將軍的意思
你們不是被突厥人給制住了？
不錯
是我主動找到突厥的
什麼？

我要向突厥借兵
東山再起，攻入長安，滅殺賊子李世民！
萬萬不可!!
求老將軍三思!!
這卻是為何？
妳不想報父兄的血海深仇不成!?

是了，是了，
妳自小便與
妳那二叔親厚！
咳！
咳咳！
想必……咳咳!!
悖逆的小畜生！
老將軍
教訓的是
長歌不敢自辯
長歌心中
早已沒了二叔，
只有殺父仇人
李世民！
日日煎熬，
只盼能報得家仇
咳！
只是……
若引突厥南下……
恐怕國家全體
都將陷入危難
黃口小兒！
聯吳伐魏
是兵家常事，
呼
呼
錯失戰機可就
再無翻身之日了！

老將軍……
休要再說!!
呼
呼
妳……
是想對我說教不成？
長歌不敢
老將軍戎馬一生，用兵如神
借兵易，還兵難的道理自然比旁人更清楚
長歌不敢再勸。

……我剛逃出長安的時候
只覺已失無可失，天地間再無掣肘
而今方知自己錯了……
我可失去的只歎太多……
老將軍，
為我們一家背上千古罵名，值得嗎？
雖說只以成敗論英雄

而突厥南侵，
大唐百姓
豈會引頸待戮？
是時，伏屍百萬，
血流千里。
士死國、婦死節
老將軍
也能無動於衷嗎？
噗
咳!!
咳!咳!
咳!咳!
咳!

呼
字字誅心，字字誅心啊！
呼
呼
……不愧是那群老傢伙教養出來的
氣煞我也！
呼
呼
呼
到底是……
老人遲暮了啊
請老將軍再忍耐幾日
待我們回到中原再……

罷！
罷！
李家的天下，
李家的子孫，
老夫何苦插手
拿走吧
啪噠——
我身後的
箱子裡
是唐軍的驛站
和行軍分布圖。

老將軍？
看起來……
有件事妳是說錯了
自逃出長安的那一刻起
我就不是大唐的燕王了
而妳
卻還是大唐的公主啊！

燕王 羅藝

隱王李建成的舊部，玄武門之變後，起兵反李世民，兵敗逃亡至北疆。

卷拾肆

遺志

老……
老將軍？

真是笨蛋！

殺人放火的，動靜很大啊
要不要下去看看？
等著信號吧
既然決定了要用這小子
何必再費心去盯著
看看他能交給我一份什麼答案。

你們的老主公
被我氣得咳血而亡，
你們拜我
作什麼？
你們不是矢忠不二，
威名赫赫的
燕雲十八騎嗎？
不是大殺八荒
橫掃六合的戰神嗎？
而今害死
你們主公的人
就在這裡，
不打不殺……
還拜我作什麼!?

老主公有令，
得他親手賜兵符者，即為我等新主
令出如山
從令如流！

好
聽我調令…
霹啪
霹啪
看來完事了，下去吧。
嘩

殿下
這是怎麼個情況？
恭喜殿下得了一份大禮
情況複雜，此處不便詳說
請准許在下回營細細稟報。

屬下身後大車中，是一位大唐老將軍的遺骨
請殿下好好收殮
這十八騎死士將感激涕零，誓死效忠。
車中何人？
大唐燕王 羅藝

說吧
說個清楚
也好叫我消受小可汗送來的這份大禮。
這確實是份意外之喜
燕王羅藝起兵反唐失敗，家眷封地皆失
以親信替死，燕雲十八騎相護逃入突厥境內，也已經是重傷難支了
小可汗立即派人接洽，
看中的就是他攜帶的財資與燕雲十八騎。
這般遮掩，
原來是打著私吞的算盤
我猜殿下也打算全盤接下不聲張對不對？

……
他一無對證，二又不能聲張，我們假做不知，他也只能吃個悶虧
反正已經得罪得很了，起碼這不是明地裡的衝突
若告知大可汗
也不會徹底扳倒小可汗，
還會把自己又捲進汗位之爭。
在這上頭，
你的腦子倒是比誰都轉得快。
清點完了
果然是一份大禮，
金玉珠寶好幾箱
折換成糧食兵馬不知該有多少。

這倒還罷了，
那燕雲十八騎才是驚喜。
是挺意外的
這傳說中以一敵千的凶器會落到我們手裡
不過，留在身邊只怕太刺眼吧？
你覺得呢？小軍師
我同意穆金將軍的看法
若被大汗發現我們身邊有燕雲十八騎，
有理也變無理了。

喂！
你們不會打算告訴我扔掉到口的肉吧？
貴重卻需要秘密折換的財物，驍勇卻無法放在身邊的軍隊，
看似雞肋，若去了北疆，可就變成大肥肉了
我聽說北疆有剽悍的勇士卻缺衣少食
西方諸國愛漢人精巧玉帛，漢人卻喜愛良駒寶馬
殿下您需要什麼？
商道！

這樣就能兌換到糧草牛馬，募集勇士收編臨近部族，
將燕雲十八騎派遣護衛商隊，這條商道也就萬無一失了。
小軍師這是臨時想到的嗎？
果然好主意
我只是提個念頭，還要將軍覺得可行才好
相當的可行，
唯一的疑點
就是燕雲十八騎是否忠心。

天都快亮了！
先遣人報個平安會死嗎!?
放心啦
我今天穿得很厚實
我又不是妳娘！
彌彌
陪我在外面坐坐吧。

今天看起來會天晴
妳打算什麼時候去睡？
妳有沒有見過這種首飾？
這是？
我母親留下的東西
我在回紇的時候，倒是見過不少婦人帶這個

這支手工真不算精緻
但成色倒是頂好的
說不定她是貴族呢。
彌彌，說說妳們家鄉的故事吧
我的部族地方在喀特茲山脈下，水草豐茂，氣候也好
我爹爹是族長，統領著我們部族一百來人
只要不偷懶，就能吃飽穿暖，大家都挺滿意的

如果不是庫那部族的人打過來，
大概會出生更多的嬰兒，圈起更多的羊群吧
可是，我們那次輸掉了
男人被殺光了，女人和羊群被瓜分，
庫那部族在我們的地盤上牧馬放羊
然後
突厥人藉口「調停」殺過來，庫那部族也沒了
突厥人給我穿上錦袍，送到這裡。
如果妳想報仇的話……
向誰報仇呢？
在草原上，本來就是這樣啊。

如果我的部族夠強大，也會做同樣的事情
沒有利齒的狼
要麼餓死，要麼被吃掉
妳……
其實每天都在想著回中原吧？
要是真有那麼一天，跟我一起走嗎？

我一定會幫妳活著離開這裡
……
我不走
我的根在草原
我們一定會……活下去。

大可汗批准了
隼大人北遷的請求
大可汗非常高興，
說若人人都像
隼大人這樣忠勇，
他就放心了
所以叫屬下
送來牛羊千頭，
駿馬百匹
錦緞毛皮兩車，
以及糧草十車，
為大人送行。
這次不送女人了？

呃……
如果隼大人需要……
不用
替我謝賞
我們下個月就起行。
老主人的墓即將完工
小主人還有沒有什麼指示？
記住這塊地方，以後好移骨回中原
另外……我們馬上就要北遷了。

你們會喬裝成突厥人，幫他們開闢商道，
這件事一定要盡心完成，因為……
用來作保障的是我的性命。
這虎符拿去
以行商作掩護去尋朔州一名叫秦古的老人
這能調動朔州的資源，
讓他見機行事。

……
在兩個月前，朔州就已經是當朝唐天子的地盤了。
無妨
能被這虎符調動的，
再過兩個月也不會歸屬於唐
既不是前隋的麟符，
也不是大唐的魚符
而是沿用古制的虎符。

就像你們的老主人一樣
既不是燕王的燕，
也不是賜姓的李
而是本姓的羅
羅
他們啊……
從來也沒有信任過李氏的大唐吧。

長歌行
中文愛藏版

小可汗 阿史那社爾

父為前代大可汗處羅可汗，母為隋朝信義公主，現今大可汗為他的叔父，非常仇視隼，欲除之而後快。

卷拾伍

疑慮重重

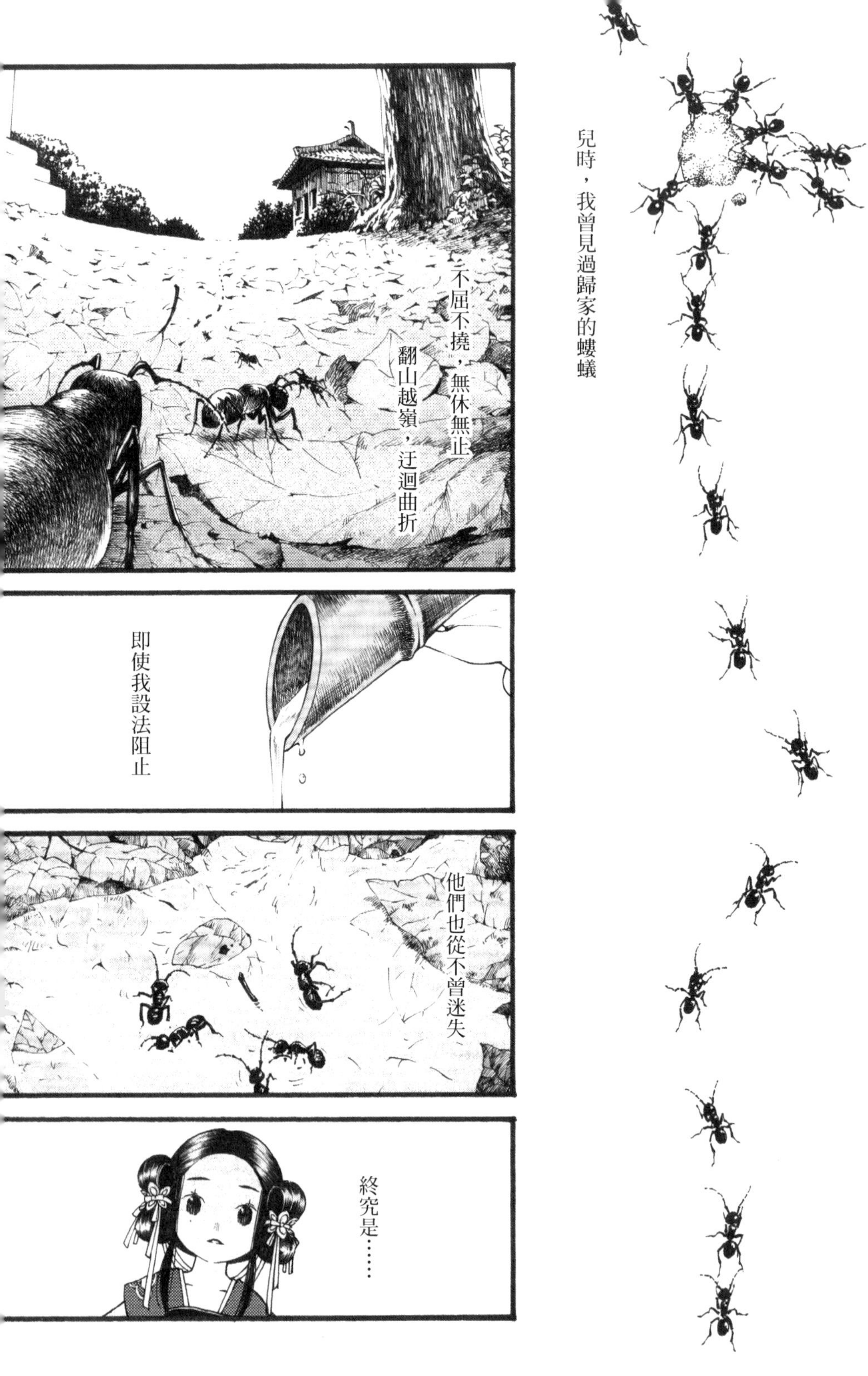
兒時，我曾見過歸家的螻蟻
不屈不撓，無休無止
翻山越嶺，迂迴曲折
即使我設法阻止
他們也從不曾迷失
終究是……

能回得去的
蝸蟻!?
快掃出去啊!!
自來北疆
已三日了。

出去！
別在這給我添亂！
……
如一個城鎮大小的部族，
拔營、遠遷、紮寨，不到兩個月便可完成
井井有條，老弱婦孺無一遺漏。
李軍師
隼大人叫我來送皮料

北地寒冷，
用來加固氈車，
縫製袍子
怪不得許多年來
漢人只能被動防守
直接送進去
給彌彌吧
太難一擊即中了
在想什麼呢？
小軍師
可是在想
如何替我們掙得糧財？

穆金將軍
怎麼有閒來這裡？
當然是來請小軍師過來幫我出主意的
內務分派，周邊外交雜事一大堆呢！
這麼重要的事，怎容我置喙？
隼沒拿你當外人，你就別把自己當外人了。
殿下呢？
帶人在外頭打馬樁砌羊圈
……殿下親自做這些？
當然，你成年了也逃不了
這是男人的活，不分尊卑。
穆金將軍

你還是不信我？
我們這位隼大人，人若惡語相向，便還以拳腳，人若友善以對，就還之十倍
若把你當自己人
更是掏出肺腑一生不相負
你說，作為他的手下

我如何才能對一個被質疑不見悲，得信任不見喜的漢人放心？
噠
噠

報!!
有急報呈於小可汗!!
突厥小可汗 阿史那社爾
呈上來

如何？
隼北遷了
這麼多年
總算讓人
省得煩心了一回。

若是湊巧也罷了
若是以退為進……
錦瑟夫人，你覺得他有這個腦子？
所以才更可怕
這個敵人的意圖，你已經看不懂了
加緊監控，還有弄清楚羅藝是不是在他手裡。
有必要嗎？

不過是阿史那家養的一條狗
社爾！
我一早就說過，要麼不要樹敵
要樹敵就得追擊至死
想做狼群的主人
首先要一顆顆拔掉老狼王的牙。
小可汗是隋朝信義公主之子？

沒錯
他的父親是上一代
大可汗處羅可汗，
母親信義公主
是你們隋朝
當時的和親公主
若不是處羅可汗
死時他尚年幼，
隋又被唐所滅……
汗位也落不到他叔父，
現今的吉利大可汗頭上。
所以
他不甘於現狀？
若是你，
你會嗎？
另外

隼跟小可汗有私怨
我們避到了北疆，也不能放鬆。
不大對……
腹中隱隱作痛，如墜鉛一般
北疆原在小可汗的領地內
不少人受過他的恩惠
難道……
要歸攏人心，尚需費一番手腳才是
不！不可能

你有在聽嗎？
抖什麼？
現在他沒有任何理由要毒殺我
將軍這兒有點冷
霹啪
霹啪
小軍師也未免太嬌貴了
如此怎麼在北疆生活？
將軍繼續，在下無事。

那麼回頭你把這些地圖名簿拿走
把他們名字記住。
各部首領來朝見之前
手腳冰冷，煩悶欲嘔，腹痛也愈來愈烈。
仔細想想，今日還吃了什麼？
可惡
累死老子了！

喲
那是奚人釀的烈酒？
嘿嘿
這可不多見
如何？羊欄明天能完工？
今晚收工
不行……
得找個藉口回去！

啪
啪
呼
清爽多了
天色還早，不如把衣服也洗了
這傢伙，換下來的衣服到處扔！
咦？

穆金
你不覺得太悶熱了點？
這話別跟我講
……
真不像個男人
來！喝了

殿下的好意
我心領了
不過我身體
有點不舒服
請殿下允許
我回帳休息。
不許！
怎麼還是一副
娘娘腔的腔調
來！給老子
大口喝酒！

匡噹
喂
你……
別碰他!!

呼
呼
他身體不舒服
我……我來帶他回去
來，再忍耐一下
……
怎麼回事？

我看你該擔心
我們這位小軍師
能用多久了。
嘖
要不，
多給他分些牛羊？
吃肉長個兒。
他吃再多
也只會長心眼兒
那怎麼辦？
……
咕嘟
咕嘟

葵……葵……
葵水？
※葵水：生理期
……
妳娘難道沒告訴過妳嗎？
姑娘到了一定年紀會來葵水這件事！
沒有……

不過大概知道是怎麼一回事
那麼
也就意味著……
意味著妳的聲音會變尖細
胸部跟屁股會越來越大，每個月都有幾天身體沉重腹痛如絞軟弱不堪，
因為，妳在為生孩子做準備！
……
我會小心的
不過，妳在生什麼氣？

……
我以前只以為妳是扮男人扮得像
現在才知道
妳是真的一點身為女人的自覺都沒有。
這世上，男人要戰鬥，要保護自己的領地和女人
女人要找到強壯的男人，生育、保護老人和孩子
可妳一直扮演著男人的方式跟他們廝殺

用的卻是一個女人的身體
妳到底是怎麼想的？
我……
我還真沒想過。

長歌行

中文愛藏版

錦瑟夫人

前隋時，追隨義成公主的侍女，待在小可汗的身旁為其獻計，心懷興復隋朝大志。

卷拾陸

恩人

孰為男子？孰為女子？
我從未正視過這個問題
老師們是男子，文可安邦，武能定國，個個驚采絕豔，集天下之大能
可是……我與他們有何不同？
父親的妻妾們是女子，雪肌雲鬢，燦然華服，個個心思千迴百轉，溫柔若飄雪之回風
可是……這與我有何關係？

母親……您不留著我在內闈教養，而是放我出去胡鬧廝混，是有意？還是無心？
您也許想不到
有一天我會為這問題輾轉反側，百思不得其解
這幾天妳就老實待家裡休養
別出去跟他們在野地裡受凍！
不……
也許我內心早就清楚了
妳有沒有在聽啊？

與挺直了脊樑，
坦蕩蕩地以女子姿態
活在這個亂世的她相比
啊呀！
妳看看
冬天快過去了
我只是個懦夫罷了。

嗚
嗚
摩拿部族長覲見！
赫咄羅部族長覲見！
延翰部族長覲見！
好好記住，以後徵兵、歲貢，都要跟他們打交道
是
大多是突厥，還有少量奚族和契丹人，
他們跟親族聚居，族長就是首領。

對突厥人多施恩，
奚族和契丹人嘛……看著辦吧
你的意思是……？
知道怎麼照管羊群吧？
若不聽話就擊殺領頭羊。
……
是
嚕

一早叫你吃飽了出門，也不缺你那一口
頑固的小子，犯什麼倔！
我不餓！
那你吃啥？
嘿！沒見那還燉著肉嗎？
你可留著點肚子
契丹匹吉部族長覲見！
……這也是族長？
你以為誰都能吃飽飯啊？

妳出來幹嘛!?
幫忙做飯啊，我給你藏了一大塊羊腿，最嫩的
妳剛才說啥……？
那不是契丹人嗎？
每年交完歲貢還有剩就不錯了，
哪可能像突厥人這樣敞開了吃。
這樣的統治……
遲早要出問題吧
原來如此……
羊腿在氈車裡，記得吃掉！
不過……對我來說也不是壞事。

契丹族長，匹吉奧丹！
攜貢物拜見
阿史那隼大人！

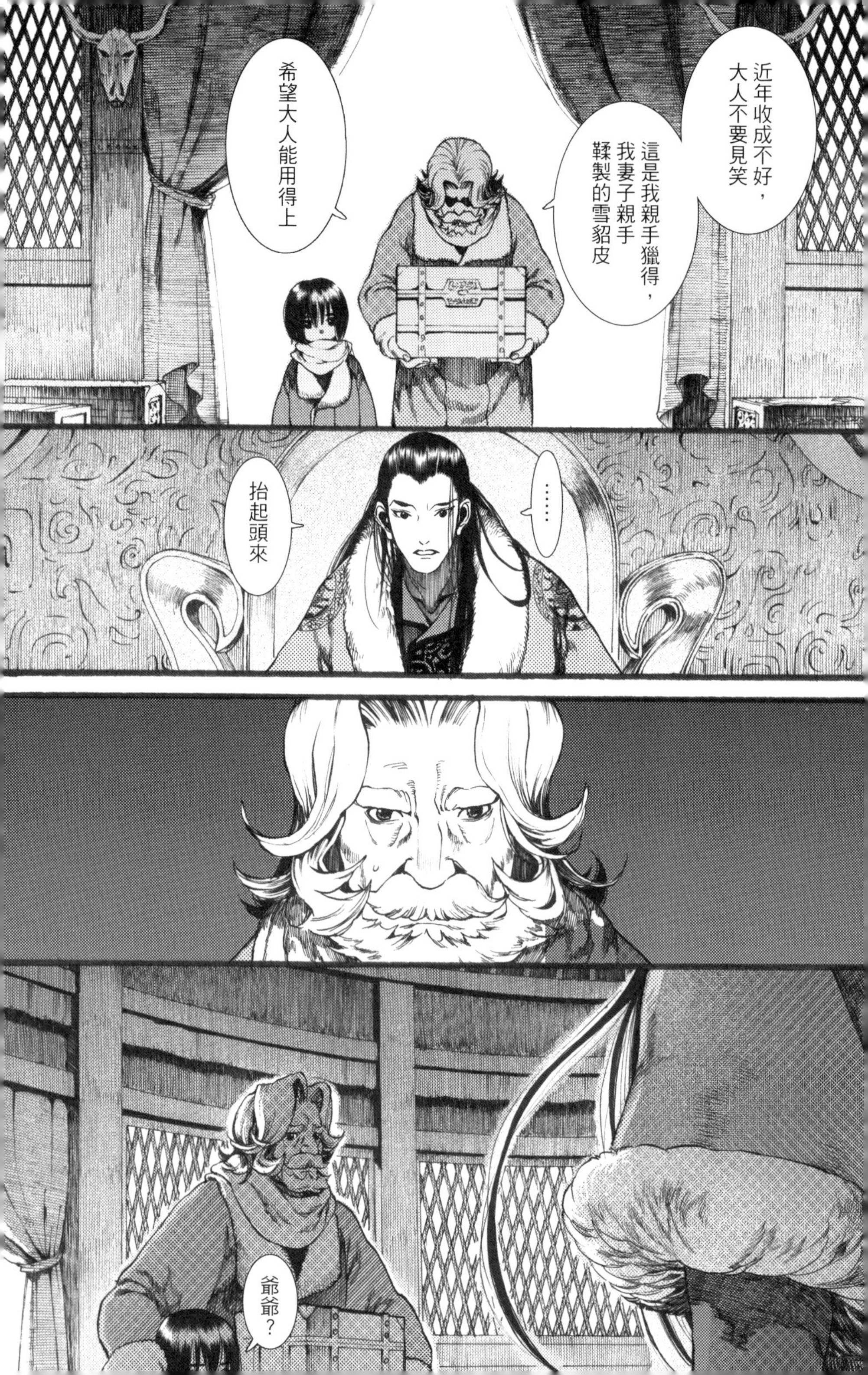
近年收成不好，大人不要見笑
這是我親手獵得，我妻子親手鞣製的雪貂皮
希望大人能用得上
……
抬起頭來
爺爺？

奧丹？
勇士奧丹？
隼……
大人還記得我!?

怎麼可能忘記
從惡狼口中救下我的勇士奧丹！
我欠著一條性命的勇士奧丹！
爺爺？
沒想到……
大人居然還記得！
我這個沒死在馬背上的老頭子……

原來沒白活
這麼長的時間啊……
李軍師
外邊的事
你別管了
弄點酒肉
送去隼的帳篷，
在外面幫他守著，
別讓人靠近。
是
殿下他……？

他要跟友人敘舊
馬上要開始對各族長的宴請了
我替他吧
反正也不是第一次了
替他防著點
別讓他隨便答應人什麼。
是
這些年我一直在找勇士奧丹，
找遍了國境也沒有消息
原來你是契丹人。

大人……
不知道
我是契丹人？
像以前那樣，
叫我隼就行
那時我五歲，
你辭去護衛
走了半月
我才覺得不對
後來父汗告訴我
你回鄉了，
我就一直以為
你是突厥人
原來是這樣……

能有今日
咕嚕
咕嚕
這樣的相會
我已經很高興了
看到你長得又高大又強壯
就像……
咳！

讓我想起從前
你就這麼點大……
奧丹……
你認識我父母？
你父親是
吉利大可汗
誰都認識
……

今天吃了好一頓飽
我這老頭子也沒什麼可報答的
只能每天祈禱，
大人體健心寬，福壽綿長
告辭

咕咚
咕咚
……
都聽見了？他什麼要求都沒提
……
自我懂事起
奧丹就是我的護衛。

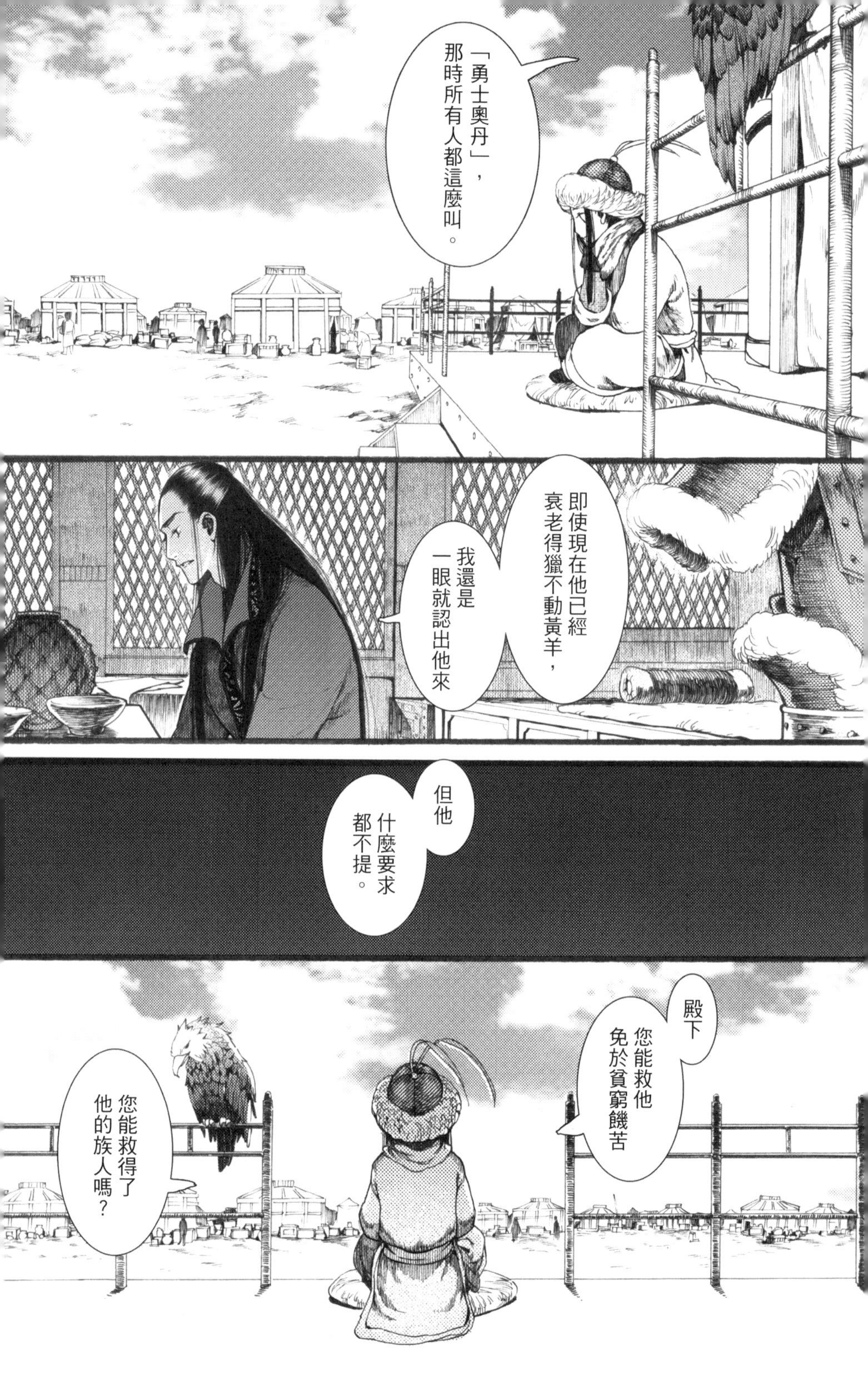
「勇士奧丹」，那時所有人都這麼叫。
即使現在他已經衰老得獵不動黃羊，
我還是一眼就認出他來
但他
什麼要求都不提。
殿下
您能救他免於貧窮饑苦
您能救得了他的族人嗎？

您救得了他的族人
您救得了整個契丹嗎？
他清楚的
所以什麼要求都不需提
這世上，本來也只有強者可以生存
我以前也這樣想
……不
其實這也沒錯，只是強者未必都如你我心中那個定義罷了。

……
你又是怎麼想明白的？
我哪有那麼聰明，
只不過想起小時候教我的老師說過
自古及今，已無新鮮事
所以以史為鑑，
兩廂一對照就明白了。
漢人和突厥會一樣？

不光是突厥和漢人，回紇、契丹、奚，這些都是
一樣吧？
因為人心都是一樣的啊。
啪
啪

彌彌
真謝謝妳幫我們
來喝茶，歇會兒
阿婆別客氣
冬天總算過去了
再遲些乾草就不夠啦。
彌彌妳男人身體怎樣了？
之前害怕他過不了這個冬天呢
是啊，漢人身體差，十五歲了還不長個兒
要有個萬一……
妳嫁我們家來吧。

放心
他現在結實著呢
唰

嗖
差不多都餓了
找個地方生火燒烤吧。
咦？不直接回去？
你看那人酒都帶來了
哪能讓我們就回去。
……
你連調味料都帶啦
……
兔子還不夠塞牙縫！
老子要吃羊！

穆金將軍的手藝不錯啊，快趕上大廚了
沒辦法，女人的活都我幹了
咕嚕
咕嚕
……
我知道你想說什麼，但那些女人留不得
十個有八個是奸細
可以放她們走嗎？
可以啊，只要你能找到不讓她們亂說話，也不讓主子們覺得我們不領情的方法。
好了
至少父汗不會再送女人來了

商道那邊來消息了，
下個月就會有第一支商隊過來跟我們接洽。
唔……
這可是個十足的好消息
不知道燕雲十八騎那邊聯繫上秦老了沒有…
另外，
想跟你們商量一件事

我想把契丹人也拉進商道
才兩個月，不能心急……
咦!?
不可以!!
絕對不可以!!
大可汗那兒才對你放鬆，你是嫌不夠刺激嗎？
本來就是知道的人越少越好
你還拉進一個族？一個族!?
嗯啊，我已經決定了，你們想想辦法吧。
……

我不能違逆父汗，也免不了他們的歲貢
至少，可以給他們找條活路。
就……就為了報答奧丹？
是啊
押上了全部身家的冒險，為了一個人就可以全盤改變？

是啊
怎麼了？
我總算知道……
……
這強烈的嫉恨是哪裡來的了
一樣在這世上過得危機四伏，
一樣稍不留神就會粉身碎骨
憑什麼……
他就能活得直指本心。

長歌行

中文愛藏版

奧丹

契丹某部族族長，往昔曾任大可汗護衛，在隼小時候差點被狼咬死時救了他一命，隼至今仍感念此救命之恩。

卷拾柒
商道

唐帝國之北有突厥，
西北方為回紇，
東北則有契丹等遊牧民族。
這些遊牧民族逐水草而居，
各擁其勢力範圍
唐朝初年，突厥分裂為東突厥
與西突厥兩個汗國，
首領均為阿史那氏族
東突厥在吉利可汗領導下，
版圖不斷擴張，周邊的鐵勒、
契丹等部族都納入其勢力範圍，
日益強大的東突厥
與大唐不時爆發衝突
但與此同時，
唐朝與遊牧民族的
貿易往來也十分活躍，
其中由官方管理的，
稱之為「互市」
兩方若有交戰，
互市自然是處於封閉狀態，
不過商人為了賺錢，
往往自行成立商隊
開發新的通商途徑，
這種地下經濟，
就是所謂的「商道」。
噠
噠
商隊已在五里外
衛隊遣我先來通報。

有多少人？多少車？
有百來騎和二十輛大車，
我們的人將他們送入境內便會返回接應餘下的貨物
據說還有十餘車，晚幾天入境。
還真是挺大的規模
帳篷準備好了嗎？
一早就收拾好了
這筆買賣一成商道就通了，不可大意。
是

據說走商道的買賣
一般也就十來車的規模……
可惜燕雲十八騎
並未跟著回來
還真想問問他們是從哪
找來這麼大的商隊。

歡迎遠道而來的客人
我們大人準備了美酒和氈帳
貴客們是要暢飲還是休憩？
勞煩將軍先帶我們去參見隼大人
餘下的人馬讓他們去紮營歸置便好。

那麼請各位頭領隨我來，
我這位兄弟會安置剩下的人
完事了就直接來大帳見我們。
是
那麼
剩下的人請隨我前往
願潔淨的河水能洗淨諸位的風塵。

不用擔心
這跟互市差不多，只是更隱蔽，利潤更大罷了
你那兒不是已經準備好了嗎？
……
你太冒險了！

有什麼
不算是冒險的？
大人，
他們快到了
好
咱們出迎吧
放心
雖然我也
不精於交易……

有我那兩個兄弟在，
肯定不會讓你吃虧。
真是麻煩李軍師了
不客氣
有什麼問題找我就行。
李軍師

請問是李軍師嗎？
我主人想請軍師入帳一敘
你主人是誰？
……
軍師見了便知
帶我去吧
我之前倒沒發現
這裡還藏著一絲玄機

看似雜亂無章，實則進退有序
八步一哨，十步一崗
重重拱衛著這一個不起眼的小帳篷
頭領們不是都去大帳了嗎？
軍師請
倒真讓我好奇得很了

徒兒無能
在師父需人效力時不能隨侍左右
請師父責罰。

你心裡說的是「來誇我吧、來讚揚我吧、看我夠厲害吧」是不是？
擺什麼架子？臭小子！
好痛好痛！
誇我兩句會怎樣啊？
師父妳的風範呢？風範呢！
少囉嗦！
長個兒了
那是當然，我這麼絕佳的根骨！
……

這麼長久以來……
終於看見一線曙光。
這麼說，是燕雲十八騎找到了你們？
我說怎麼這麼快，原來你們也在開拓商道。
老爺子可厲害了！現在雁行門在商道上聲勢極盛，
等師父妳回去的時候，會大吃一驚的。
我不明白為啥老爺子說這次不是時機，
其實可以強行帶你逃出去啊
別傻了
你回去轉告老爺子，讓他全力開拓商道。

聽聞大可汗重視西域商人，想辦法滲透進去
我現在很安全
待你們根基穩了，我自然能設法脫身。
哦……
師父我還需要你來操心？
這次來的，都是雁行門的人嗎？
現在還不全是
很快就會是了
外面那些人也是你佈下的？
是啊

老爺子還真沒少在你身上下功夫啊
直接誇我有那麼難嗎？
師父
好啦，我得過去大帳了
你自己小心點
幹得不錯
沒給師父丟臉。
哼

錦瑟夫人？
抱歉
想事情
想得出神了。

你先看看這個吧
阿史那隼那邊的密報。
嘿……
雖未探得羅藝下落
這卻更有意思，不是嗎？
不光補貼契丹人，還幫契丹人開了商道……
大可汗這算是被自己養的狗咬了？

你覺得隼已經背叛了大可汗？
不
若他知道了自己的身世，無論怎樣選擇都不該是如今這個反應
不過我們怎麼想不重要，
重要的是大可汗怎麼想
我明日就出發去牙帳
妳可要與我同行？
……
你越來越像漢人了。

這是在誇我？
算是吧
又到妳開始思鄉的季節了嗎？
偶爾想想……
這個時節，洛陽該是春暖花開了吧。
想不想回去看看？

不用……
我的國都洛陽早已隨著我的國家灰飛煙滅了。
……

彌彌
要不要嘗嘗
漢人的點心？
商隊帶來的。

大帳那邊的事結束了？
他們還在喝酒，
我先回來了。
這……是吃的？
這是梅花糕
妳從小就可以吃到這樣的東西？
這只是隨處可見的廉價點心啦
……喂

要不要這麼誇張啊!!
太好吃了!!
是了，這邊很難吃到甜食。
……
妳打算什麼時候走？
咕嚕咕嚕
這次來的都是漢人吧？

現在還走不了
沒機會
妳快想辦法，
我幫妳！
喂，這是在趕我走嗎？
煩死了！
趁我還沒改主意，快點想！
爺爺

我們為什麼
要幫突厥人做事？
……
突厥人殺我們的男人，
搶我們的女人和牛羊，
為什麼
還要幫他們？
現在我們才是
被幫助的那一方
我們自己也可以
活得好好的，
為什麼要接受
敵人的幫助！
隼大人不是敵人

為什麼？
就因為你救過他一命？
聽好
阿勒泰，我的孫子
無論發生什麼，隼大人都絕不是你的敵人
用你的家族名起誓。

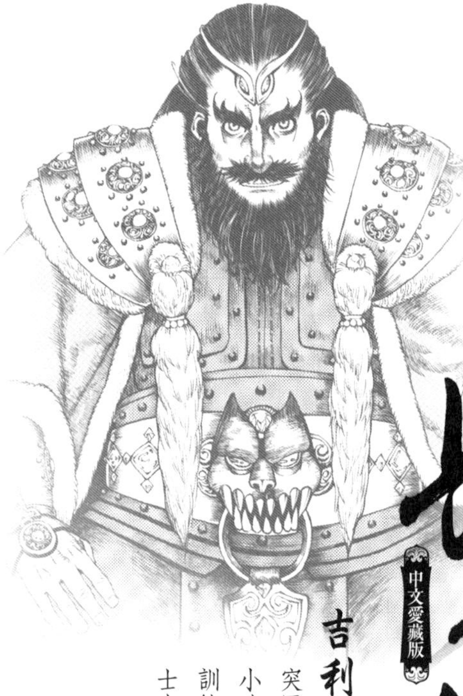

長歌行

中文愛藏版

吉利大可汗

突厥大可汗，在隼幼小時收養他，並把他訓練成驍勇善戰的鬥士來為自己效命。

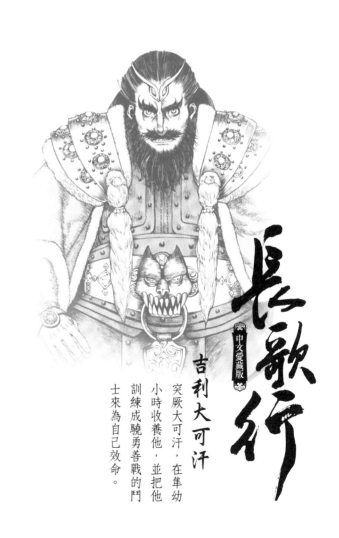

卷拾捌
隼的試煉

忘恩負義的白眼狼！
匡噹

喀啪
可汗息怒
東突厥 吉利大可汗
消息可靠？

可汗也知道，隼的動靜侄兒一向在意，
花很大的力氣得來的情報，絕無虛言。
你們怎麼看？
這……我們只是商人，
可汗大人的族裡之事怎敢妄議？

沒關係，說！
這……雖然不敢說隼大人是否與契丹人有所勾結
但隼大人最近致力於開拓商道確實是真的。
可汗
您可以下道命令

讓隼替突厥清理這些未納足歲貢的契丹人
之後可汗心中的疑慮便清晰可解了，不是嗎？
……
你率虎騎精銳即刻出發
傳令阿史那隼清剿契丹人
如有不從，一同剿殺！

總算完事了
這次分派得不錯，回頭有賞。
能賞我休息幾天嗎？
不能，你還得清庫房、理帳簿
……這是你的工作吧？
啊，對了，商隊出境了嗎？

應該快出境了
怎麼了？
得快馬過去通知一聲
叫他們下次帶些漢人的史書過來
我們隼大人想看看
……殿下識漢字嗎？
當然不識，
不過既然他好面子不叫我們教，就讓他自己慢慢摸索吧。
殿下有將軍這樣一位摯友，
真是……幸運啊。
最討厭漢人這樣心口不一
穆金大人！

剛有可汗的特使
進了大帳！
你快去看看，
氣氛不太對！
大可汗有令
契丹匹吉部族
不納歲貢，
驕橫無狀
命隼將軍出兵剿殺。

不得延誤，
即刻出發！
！
好，待我整兵……
不用那麼麻煩
小可汗已經帶兵在境邊等候了，將軍帶上侍衛前去匯合就行
請大人從速！

這八成是
小可汗在搗鬼
消息到底是
怎麼傳出去的？
你們馬上
派人通知奧丹
我儘量拖住
小可汗
你……
小可汗要的就是
你們父子反目啊！
只要
抓不到把柄，
他也不能怎樣。

我對父汗無二心
問心無愧！
我擔心……
奧丹不會逃走

他不太可能丟下他的族人，帶上族人的話……更逃不掉了吧？
能不能逃掉是一回事，要不要試是另一回事。
草原之大……卻是能逃到哪兒去呢？
走吧
現在想這些也沒用。
我還是覺得有點不太對……
怎麼？

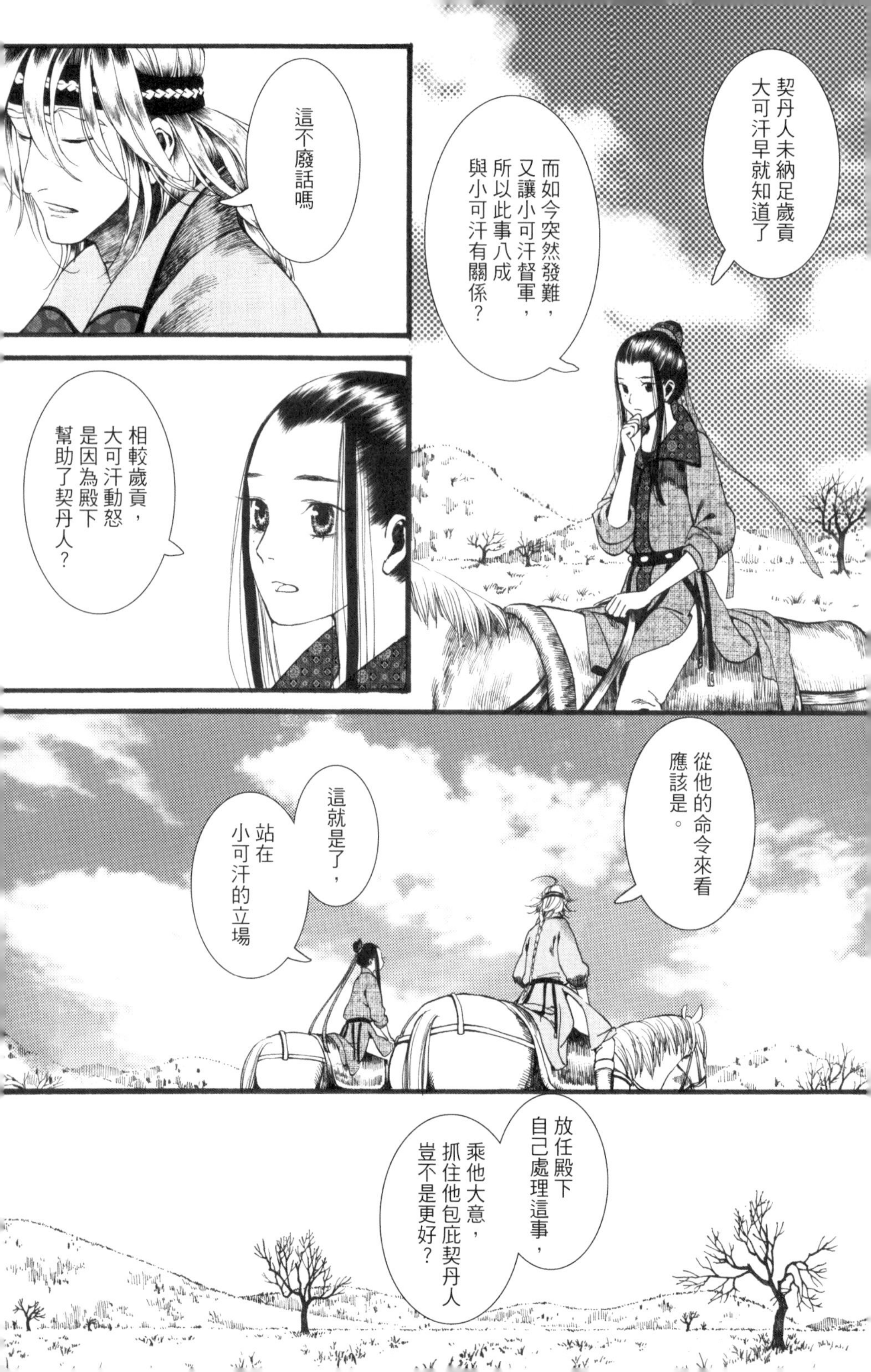
契丹人未納足歲貢大可汗早就知道了
而如今突然發難，又讓小可汗督軍，所以此事八成與小可汗有關係？
這不廢話嗎
相較歲貢，大可汗動怒是因為殿下幫助了契丹人？
從他的命令來看應該是。
這就是了，站在小可汗的立場
放任殿下自己處理這事，乘他大意，抓住他包庇契丹人豈不是更好？

為何卻要這樣壓制得死死的，完全不給殿下犯錯的空間？
因為我們不像漢人這麼陰險狡詐
當我沒說！
……是挺奇怪，我再帶隊人馬去找隼吧
做好備戰，大營就交給你了。

今晚全員備戰，別出去走動。
出什麼事了？
殿下、穆金和主力精銳都出去了，
安全起見。
誰會來打這兒啊？

咦……
他們都不在？
快走！
還等什麼啊！
……
是啊
還在等什麼？
這些人的生死與我何干？
打起精神來！
天亮就交班了

這趟挺莫名其妙的
那漢人小子不會是故意折騰人吧？
少廢話
還是警醒點好
那小子心眼比我們加起來還多，
穆金私底下誇過他。
穆金？不可能吧？
咳！
總之叫咱巡營咱就巡
哎？
有人！
什麼人!?
站住！
放箭了！

等等！
是匹沒人的馬
這……不是咱們送給契丹人的馬嗎？
怎麼身上有血？
……喂
馬肚子下面綁著什麼？
我不能……趁人之危。

而且
也不能把妳一個人留在這兒啊。
別讓我變成累贅啊，笨蛋！
彌彌……
李軍師！
軍師你快看看！
剛才有匹馬跑進了營地！

這小子被人
綁在馬肚子下，
好像受傷不輕
說要見
隼大人！
你是……
奧丹的孫子？
大人……
隼大人不在
你跟我說。
逃……
爺爺說

隼大人快逃
來人!!
馬上去喚各部頭領
大帳議事!
是!

軍師！大人他……
你信不信他？
信!!
那就守好大營
待他歸來。
那孩子
我來照顧吧。

別擔心，我有經驗
彌彌……
那就拜託妳了
我弟弟……如果還活著也跟他差不多大了。
你叫什麼？
亞羅！
延翰家的亞羅！
我要你快馬趕上商隊，替我送一重要物件給他們頭領
不許落入旁人之手
能做到嗎？
能！

很好，你們大人
可沒那麼容易被算計了的。
我也只能…… 選擇相信他了

一向
迅捷勇猛的隼大人
今日竟這般拖延
……
看看，
從合兵到這兒
都大半夜了。
囉嗦什麼
這不馬上就到了

沒有半點燈火……
逃走了嗎？
將軍先請
駕！

跟上！
是！
噠
噠
噠

果然半點動靜都沒有
不對
那是……

奧丹!!

唧
長歌行
中文愛藏版
第三冊完

ACCC/浪漫畫系列004

長歌行 03

時報書碼：VYO2003

作　　者──夏達
協　　力──龔寅光、包子、阿飛、阿鳥、卓思楊
監　　製──姚非拉

責任編輯──曾維新
文字編輯──張毓玲
美術設計──林宜潔
封面題字──喬平

董 事 長
發 行 人──趙政岷

大好世紀
總 編 輯──夏曉雲

出 版 者──時報文化出版企業股份有限公司
10803台北市和平西路3段240號3樓
發行專線─（02）2306-6842
讀者服務專線─ 0800-231-705・（02）2304-7103
讀者服務傳真─（02）2304-6858
郵撥─ 19344724時報文化出版公司
信箱─ 台北郵政79－99信箱
時報悅讀網─ http://www.readingtimes.com.tw
電子郵件信箱─ accc.love.comic@gmail.com
法律顧問─ 理律法律事務所　陳長文律師、李念祖律師

印　　刷──勁達印刷有限公司
初版一刷──2015年9月4日
定　　價──新台幣180元

⊙行政院新聞局局版北市業字第八〇號

國家圖書館出版品預行編目資料

長歌行3 / 夏達著. -- 初版. -- 臺北市：時報文化, 2015.09
212頁；14.8x21公分. --
面；公分. -- (ACCC系列；004)
ISBN 978-957-13-6369-1　（平裝）
1. 漫畫

Printed in Taiwan